W9-BFN-696

Nota para los padres y encargados:

Los libros de *Read-it! Readers* son para niños que se inician en el maravilloso camino de la lectura. Estos hermosos libros fomentan la adquisición de destrezas de lectura y el amor a los libros.

El NIVEL MORADO presenta temas y objetos básicos con palabras de alta frecuencia y patrones de lenguaje sencillos.

El NIVEL ROJO presenta temas conocidos con palabras comunes y oraciones de patrones repetitivos.

El NIVEL AZUL presenta nuevas ideas con un vocabulario más amplio y una estructura gramatical más variada.

El NIVEL AMARILLO presenta ideas más elevadas, un vocabulario extenso y una amplia variedad en la estructura de las oraciones.

El NIVEL VERDE presenta ideas más complejas, un vocabulario más variado y estructuras del lenguaje más extensas.

El NIVEL ANARANJADO presenta una amplia de ideas y conceptos con vocabulario más elevado y estructuras gramaticales complejas.

Al leerle un libro a su pequeño, hágalo con calma y pause a menudo para hablar acerca de las ilustraciones. Pídale que pase las páginas y que señale los dibujos y las palabras conocidas. No olvide volverle a leer los cuentos o las partes de los cuentos que más le gusten.

No hay una forma correcta o incorrecta de compartir un libro con los niños. Saque el tiempo para leer con su niña o niño y transmítale así el legado de la lectura.

Adria F. Klein, Ph.D.
Profesora emérita, California State University
San Bernardino, California

Managing Editor: Bob Temple
Creative Director: Terri Foley
Editor: Brenda Haugen
Editorial Adviser: Andrea Cascardi
Copy Editor: Laurie Kahn
Designer: Melissa Voda
Page production: The Design Lab
The illustrations in this book were created digitally.
Translation and page production: Spanish Educational Publishing, Ltd.
Spanish project management: Jennifer Gillis/Haw River Editorial

Picture Window Books
5115 Excelsior Boulevard
Suite 232
Minneapolis, MN 55416
1-877-845-8392
www.picturewindowbooks.com

Printed in the United States of America.

Library of Congress Cataloging-in-Publication Data
Blair, Eric.
[Hansel and Gretel. Spanish] Hansel y Gretel : versión del cuento de los hermanos Grimm / por Eric Blair ; ilustrado por Claudia Wolf ; traducción, Patricia Abello.
p. cm. — (Read-it! readers)
Summary: When they are left in the woods by their parents, two children find their way home despite an encounter with a wicked witch.
ISBN 1-4048-1632-1 (hard cover)
[1. Fairy tales. 2. Folklore—Germany. 3. Spanish language materials.] I. Wolf, Claudia ill. II. Abello, Patricia. III. Grimm, Wilhelm, 1786-1859. IV. Grimm, Jacob, 1785-1863. V. Hansel and Gretel. Spanish. VI. Title. VII. Series.

PZ74.B4274 2005
398.2—dc22
[E] 2005023481

Hansel y Gretel

Versión del cuento de los hermanos Grimm

por Eric Blair
ilustrado por Claudia Wolf
Traducción: Patricia Abello

Con agradecimientos especiales a nuestras asesoras:

Adria F. Klein, Ph.D.
Profesora emérita, California State University
San Bernardino, California

Kathy Baxter, M.A.
Ex Coordinadora de Servicios Infantiles
Anoka County (Minnesota) Library

Susan Kesselring, M.A.
Alfabetizadora
Rosemount-Apple Valley-Eagan (Minnesota) School District

Los hermanos Grimm

Los hermanos Jacob y Wilhelm Grimm se pusieron a reunir cuentos viejos de su país, Alemania, para ayudar a un amigo. El proyecto se suspendió por un tiempo, pero los hermanos no lo olvidaron. Años después, publicaron el primer libro de los cuentos de hadas que oyeron. Hoy día, esos cuentos todavía entretienen a niños y adultos.

Había una vez un leñador muy pobre que vivía en la orilla del bosque con su esposa y sus dos hijos. El niño se llamaba Hansel y la niña Gretel. La esposa del leñador era su madrastra.

Una noche, el leñador estaba muy preocupado y no pudo dormir. —¿Qué les daremos de comer a los niños si apenas tenemos para los dos? —le preguntó a su esposa.

La mujer tenía un plan perverso.
—Mañana llevaremos a los niños
al bosque y los abandonaremos allí.

—¡No, eso no! —dijo el leñador.
—Entonces todos nos moriremos de hambre —dijo su esposa.
Triste, el leñador al fin aceptó.

Al escuchar el perverso plan, Gretel se puso a llorar.

Hansel dijo: —No te preocupes. Yo me encargaré de todo.

Salió de la casa a escondidas y se llenó los bolsillos de piedritas blancas y brillantes.

Al día siguiente, todos caminaron al bosque.
Hansel dejó caer las piedritas una por una.
—Duerman un rato —la mujer les dijo
a los niños al llegar al centro del bosque—.
Volveremos por ustedes más tarde.

Cuando Hansel y Gretel despertaron, estaba oscuro. Cuando salió la luna siguieron el camino de piedritas hasta salir del bosque. Al amanecer, llegaron a su casa.

La madrastra se sorprendió al verlos.

—Pensamos que estaban perdidos y que no los volveríamos a ver —dijo la mala madrastra. Pero el papá estaba feliz de verlos.

Poco después se acabó la comida.
—Tenemos que abandonar a los niños
—dijo la mujer—. Hay que dejarlos más lejos.
Muy triste, el leñador aceptó.

Hansel y Gretel oyeron la conversación.
—No llores, Gretel —dijo Hansel—. Deja todo en mis manos.
Pero cuando Hansel quiso salir a buscar más piedras, la puerta estaba cerrada con llave.

Al día siguiente, los niños recibieron unos pedazos de pan. Hansel desmoronó el pan en el bolsillo. Cuando iban al bosque, Hansel dejó un rastro de migas de pan para encontrar el camino de regreso a casa.

Al llegar a lo profundo del bosque, hicieron una hoguera. —Descansen un rato —les dijo la madrastra a los niños—. Volveremos por ustedes al atardecer.

Los niños se durmieron de tanto esperar.

Cuando Hansel y Gretel despertaron, estaba oscuro. Buscaron el camino de migas de pan, pero los pájaros se habían comido las migas. ¡Estaban perdidos!

Estaban cansados y hambrientos. Vieron un lindo pajarito y lo siguieron hasta una cabaña hecha de jengibre y caramelos. Las ventanas eran de azúcar.

Los niños mordieron la casa. De repente, la puerta se abrió y salió una fea anciana.
—Hola, queridos niños. Entren y quédense conmigo —dijo.

Hansel y Gretel entraron a la casa.
La anciana les dio leche y panqueques
con manzanas y nueces.

Al terminar de comer, los niños se acostaron en dos lindas camas blancas.

Aunque parecía buena, la anciana era una bruja malvada. Mataba, cocinaba y se comía a todo el que llegaba a su casa.

La bruja observó a los niños dormidos.
—Éste debe ser delicioso —dijo mirando a Hansel. Antes de que los niños despertaran, cargó a Hansel y lo metió en una pequeña jaula con llave.

La bruja zarandeó a Gretel y le dijo:
—Ve por agua y prepara algo para tu hermano. Cuando esté gordito, ¡me lo comeré!
Gretel lloró, pero tuvo que obedecer.

A Hansel le daban la mejor comida. Gretel comía las sobras. Cada día, la bruja le pedía a Hansel que le mostrara un dedo. Quería ver si estaba bien gordito para comérselo. Como las brujas no ven bien, Hansel le mostraba un hueso en lugar del dedo.

La bruja no sabía por qué Hansel no engordaba. Al cabo de un mes, dijo:
—Gretel, ve por agua. Flaco o gordo, mañana me comeré a tu hermano.

Llorando, Gretel fue por el agua.

Al día siguiente, Gretel tuvo que encender el fuego. La bruja le dijo: —Agáchate y entra al horno para ver si ya está caliente. La bruja pensaba hornear a la pobre Gretel.

Gretel sabía lo que pensaba la malvada bruja, así que contestó: —No creo que quepa.

—No seas tonta —dijo la bruja—. Hasta yo misma quepo.

Cuando la bruja metió la cabeza en el horno, Gretel la empujó hacia dentro y cerró la puerta. La bruja se quemó en el horno.

Gretel sacó a su hermano de la jaula.
—¡Somos libres, Hansel! —dijo Gretel.
Después encontraron muchas joyas en la casa. Hansel se llenó los bolsillos de piedras preciosas. Gretel se llenó el delantal.

Hansel y Gretel encontraron el camino de regreso a casa. La madrastra había muerto. El leñador los recibió feliz. Nunca tendrían que volver a preocuparse por dinero pues ahora tenían las joyas de la bruja.

Más *Read-it! Readers*

Con ilustraciones vívidas y cuentos divertidos da gusto practicar la lectura. Busca más libros a tu nivel.

CUENTOS DE HADAS Y FÁBULAS

La bella durmiente	1-4048-1639-9
La Bella y la Bestia	1-4048-1626-7
Blanca Nieves	1-4048-1640-2
El cascabel del gato	1-4048-1615-1
Los duendes zapateros	1-4048-1638-0
El flautista de Hamelín	1-4048-1651-8
El gato con botas	1-4048-1635-6
El léon y el ratón	1-4048-1623-2
El lobo y los siete cabritos	1-4048-1645-3
Los músicos de Bremen	1-4048-1628-3
El patito feo	1-4048-1644-5
El pescador y su mujer	1-4048-1630-5
La princesa del guisante	1-4048-1634-8
El príncipe encantado	1-4048-1631-3
Pulgarcita	1-4048-1642-9
Pulgarcito	1-4048-1643-7
Rapunzel	1-4048-1636-4
Rumpelstiltskin	1-4048-1637-2
La sirenita	1-4048-1633-X
El soldadito de plomo	1-4048-1641-0
El traje nuevo del emperador	1-4048-1629-1

¿Buscas un título o un nivel específico? La lista completa de *Read-it! Readers* está en nuestro Web site:
www.picturewindowbooks.com